A dobra do osso

JOSÉ CARLOS HONÓRIO

A dobra do osso

HUMANALetra

Edição: José Carlos Honório
Revisão de textos: Ana Cecilia Agua de Melo
Capa e paginação: A2
Ilustrações: Hermé Tovar Eisenlohr

Nesta edição respeitou-se o novo Acordo Ortográfico da Língua Portuguesa.

Dados Internacionais de Catalogação na Publicação (CIP)
(Câmara Brasileira do Livro, SP, Brasil)

Honório, José Carlos
A dobra do osso / José Carlos Honório. --
São Paulo, SP : Editora Humana Letra, 2023.

ISBN 978-85-53065-10-3

1. Poesia brasileira I. Título.

23-153404 CDD-B869.1

Índices para catálogo sistemático:
1. Poesia : Literatura brasileira B869.1
Tábata Alves da Silva - Bibliotecária - CRB-8/9253

Rua Ingaí,156, sala 2011 – Vila Prudente
São Paulo – SP Cep: 03132-080
TEl: (11) 2924-0825

Este livro eu dedico, de corpo e alma, para os fraturados
que sangram diariamente à espera de alguma emenda...

O fogo é a primeira e a última máscara do meu Deus.
Entre duas fogueiras dançamos e choramos.

Nikos Kazantzakis

Prefácio

Cardume de nós

Regiana Queiroz

José Carlos Honório, veterano na poesia, em seu oitavo livro, "A dobra do osso", percorre com serenidade, ritmo e uma riqueza de imagens — que a estrutura metafórica anatômica proporciona nas diversas camadas semânticas amplamente conotativas. Sua poesia dissecada corre hemorrágica nas artérias mantendo o corpo apaixonado vivo, inquieto e agudamente vociferante.

Dividido em vinte e cinco ossos — como nossa coluna vertebral e um poema à parte chamado Osso Único — os capítulos não dão nenhum alívio e criam, através da sonoridade dos nomes dos peixes, das pedras, e dos objetos uma musicalidade muito familiar.

Ao contrário dos sinos, que quando dobram[1] tocam, os ossos quando dobram quebram, causando dor, imobilidade e necessidade de tempo para regeneração. E sobretudo, deixam marcas, como cicatrizes amorosas, que continuam existindo para além da vida nos ossos desaparecidos, enterrados, encontrados, escavados, escondidos, descobertos ou desenterrados.

Cantigas populares infantis, que fazem parte do imaginário coletivo, já nos ensinam que peixe vivo não vive fora d'água fria,

1 Poema de John Donne usado por Hemingway como título para o seu romance sobre a Guerra Civil Espanhola.

da mesma maneira como poderia um amante viver sem a companhia do ser amado? A necessidade vital do peixe equiparável a presença do amado deixa evidente o quanto a sobrevivência de quem ama está associada a vida e a morte dos peixes, ainda que de maneira eufemística.[2]

Esse é, sem dúvida, um livro de poesia sobre amor, peixes, e a esperança que se vive no esperar. Escrito por um apaixonado passional desmesurado, que procura nos mostrar a beleza dos peixes, o amor, e as consequências de uma dobra improvável.

A alta umidade do ar em alguns países concebeu a romântica e fantasiosa ideia na qual os peixes entram pelas portas e saem pelas janelas flutuando, como em "Cem Anos de Solidão", mesmo romance de García Márquez no qual Aureliano Buendía fazia peixinhos em ouro para preencher o vazio existencial.[3]

Amar é morrer afogado fora da água do peixe.
Amar é inadequado.
Não amar é inadequado.
E não se sentir adequado é ser peixe.
Ser peixe é ser um inadequado blasé
Como objeto,
Ou como metáfora.
Não pode existir vida sem peixe e amor.
E é na mesma água
Onde a vida surgiu na Terra

---

2 Cantiga Popular – Peixe Vivo:
"Como pode o peixe vivo Viver fora da água fria?
Como pode o peixe vivo Viver fora da água fria?
Como poderei viver
Como poderei viver
Sem a tua, sem a tua Sem a tua companhia?
Sem a tua, sem a tua Sem a tua companhia?"

3 Citado também em "The Million Dollar Hotel" (2000) filme de Wim Wenders — fala de Eloise.

Que o peixe consegue escapar
Ou ser fisgado.

É nesse mundo caindo aos pedaços onde a vida se esfarela, que essas camadas de significados, metáforas e imagens fantásticas entre os peixes, o autor e seu amor desmedido, vão apresentando uma poesia na qual o sentido da vida só vale se compartilhado.

Sentados no limo das pedras, esperando que o peixe amor não faça nenhuma dobra, estamos todos. Peixes, amantes e leitores. Como um cardume de não peixes.[4]

A esperança intrínseca de todos os meses de dezembros dá lugar a uma pergunta-pedido (diversamente das afirmações dos outros meses do ano), fazendo a espera pelos dias felizes com peixes depender do outro.

Isso talvez alivie a angustiante necessidade do apaixonado buscar incansavelmente que tudo seja perfeito, amoroso, feliz e eterno. A ilusão de quem ama é achar que exista algum tipo de segurança em um aquário perfeito para que o outro fique para sempre e nunca vá embora.

Nesse baile de fantasias e mascarados entre rinocerontes, cavalos marinhos, tamanduás, insetos e sereias, os gatos e as pedras têm nome de gente e a água do peixe, benta e sagrada, benze o corpo e a alma do apaixonado.

Em um conto de Lygia Fagundes Telles, o cachorro do circo se transforma em humano quando se apaixona. Acreditando que o amor possa nos transformar em alguma coisa mais evoluída, mais valiosa, mais filosófica, e, principalmente mais humana. O que o cachorro não sabia é que ele sempre foi humano, a transformação aconteceu na maneira como ele se via e sentia. Quando o amor acabou, ele voltou de ser o cachorro de antes.

4 Cardume — car.du.mekɐr'dum(ə) — nome masculino 1. grande quantidade de peixes que nadam em bando, geralmente da mesma espécie. 2. figurado: ajuntamento de pessoas. 3. figurado: aglomerado de coisas.

A ideia de que a dobra do osso, como metáfora de uma cicatriz amorosa, possa continuar existindo para além da vida do apaixonado, é profundamente triste e mais dolorosa que a própria dobra. Como se o sofrimento fosse eterno, ao contrário do que sempre gostamos de acreditar, que eterno era o amor.

Pela boca morrem o peixe, Oscar Wilde e os que amam demasiadamente os peixes. Mas de morte, matada ou morte morrida, morreremos todos.

O que restar do que você foi, depois que sua carne não puder mais te identificar, sobrarão os ossos anônimos. Quantas histórias as cicatrizes das dobras desses ossos poderão contar sobre sua vida, seus amores e seu sofrimento?

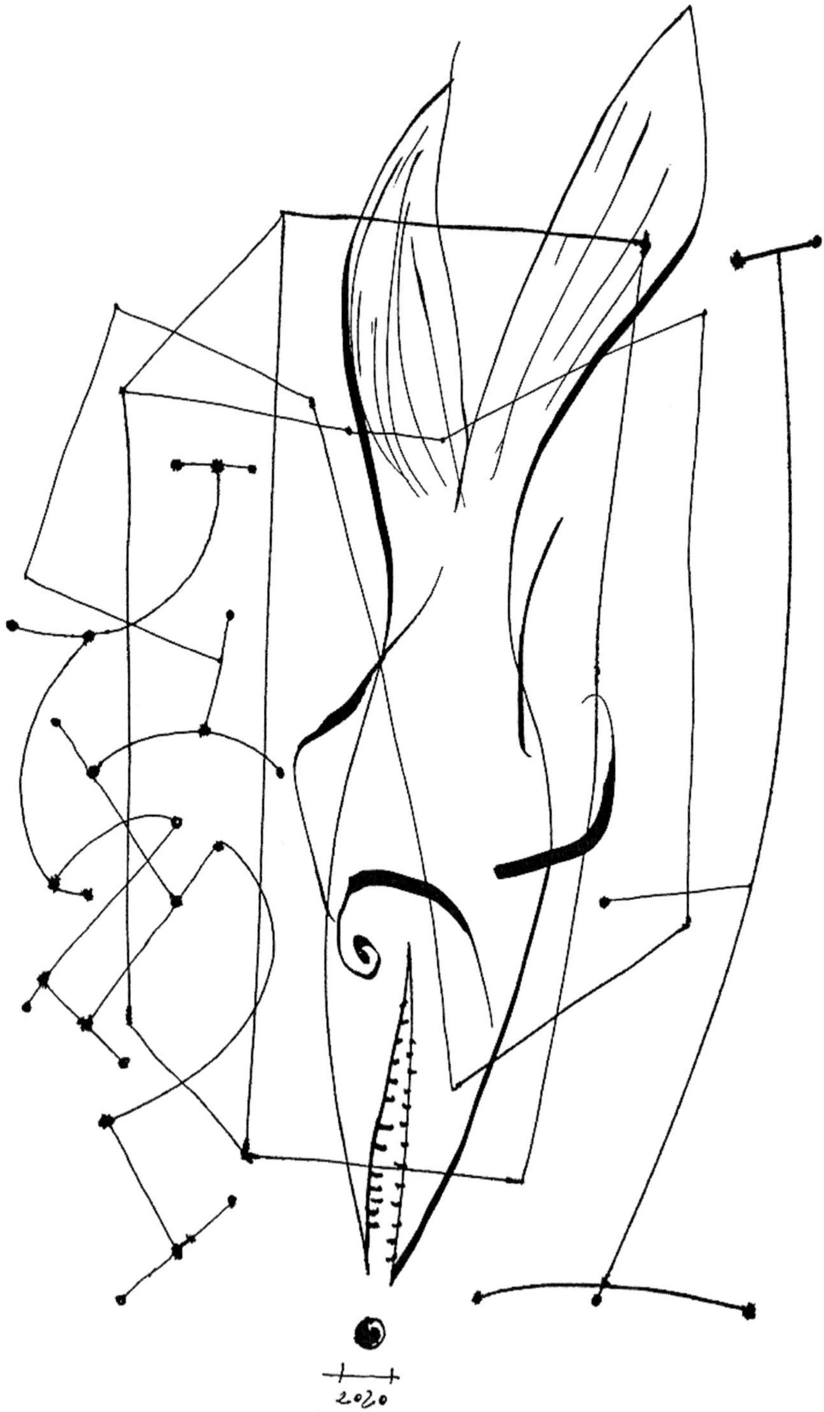
2020

Osso 1

Peixe inócuo com cara de Deus.
Peixe quadrado com cara de esfera.
Peixe elétrico com peso de átomo.
Me encosto num barranco próximo e
Escrevo seu nome no limo.
Cristal reluzente e
Acendimentos de vagalumes.
Erva que entorpece.
Janela à espreita
Peixe que voa e voa e voa
Dedo mindinho em riste
Peixe rascunho de mim
Imagem de felicidade
Estampada em reboco.
Peixe com escamas e guelras baças.
O alimento para o rio
É prédio com janelas abertas:
Labirinto.
Embarquemos nas reticências da vida:
A reticência do talvez.
O peixe em meu bolso
É sinal de equilíbrio.
O peixe em meu bolso
É sintomático e brando
O simbólico nosso.
A poesia importa para a vida
Como o osso para o corpo
A poesia tem voz.
Pelos caminhos da poesia desfilam
Os cardumes de peixes amarelos

Com seus chapéus de pluma e limo.
Nós peixes quantos
A poesia
Esparramada pelos seixos
Pelos bosques
Pelas artérias.
Dias amanhecem sem mim.
Pela porta entreaberta
O peixe entra
E permanece.
Os dias que se sucedem, se sucedem
Se sucedem.
E o peixe dentro,
Outro entrando
Outro que perscruta.
Meu olho que sangra em demasia
Peixe piraíba que adormece
No quarto ao lado,
Sob o abajur.
Chuva que não alivia meu corpo
Sol que não alivia minhas dores
Eu tento ser leve e titubeio.
Celacanto é peixe de águas secas
É feixe de esferas
Grudadas ao corpo
É peixe em demasia
Nos ombros humanos
Peixe de disparates de subir
E descer ladeiras.
Pedregulhos e miosótis.
Com visão rara esse peixe:
Enxerga a alma e decreta:
Não há solução.
Eu espanto esperança

De água em abundância.
Minha boca carnívora
Se espanta com o amontoado de lama
Que a paisagem lhe oferece.
Curimbatá é homem peixe
Posto de ré no muro:
Assusta, apavora, modifica
Curimbatá é meu apelo esganiçado
Para que não me deixes, seixos.
Grito
Grito
Grito
Curimbatá trezentas vezes
E vejo que,
Adornado por bromélias gigantes,
Você demora na estrada vermelha
E não olha dos lados:
Permanece.
Curimbatá.
Me espere homem-brisa
Homem-tato
Homem-lira
Homem-eu.
Como chamará o deus dos rinocerontes?
Dênis
Rômulo
Fidalgo?
Porta que abre e fecha.
Patas permanecidas na poeira.
Meu olho agigantado
Que atrai meteoros
Prismas de cores neutras
Assemelhadas a opalas
Invadem meus olhos

Açudes porosos
Que requerem cuidados e afagos
Dividir com quem se ama
O sentido da vida:
Qual será mesmo?
Divida com quem
Você ama
O sentido da sua vida
Seja ele qual for.
É o que nos resta.
Carcaça
Camisola
Capa
Deus.

2020

Osso 2

Grito sim.
Desde a semana retrasada
Mês passado
Ano que se foi
Grito porque é minha maneira
De me conformar com sua ausência
Peixe Moçambique
Que me contorna.
Sim, grito bem agudo
Agudez da palavra que, enquanto
Diz de amor,
Também entoa dor
Na pronúncia.
Dor de lajota mal fixada.
De confronto eminente
De telhado destemperado
Peixe que, ao sol,
Se despeja em pranto.
Grito, grito
E o cabelo some
O dente voa
A alma alucina
Tentei, peixe planeta que desconheço
De tão inconcluso e complexo que és,
Te colocar em minha mão gamela
E te amar
Te olhando
Te vendo
Te sentindo:
Não consegui.

Grito porque não compreendo
Por que não consegui te amar
Do jeito que se acha que se deve:
Amar resvalado, de lado, com concessões
Sou desses que não abrem concessões no amor.
Amo inteiro e com inteireza
Sem resvalares, sem jogos
Sem porque-sim
Comigo seria o por que porque.
Não existe tabuleiro virado
E encoberto
Porque não existe tabuleiro.
Peixe não joga
Peixe vive e é tudo que se pode dizer.
Grito porque minha casa
Já não é minha.
Grito porque não consegui
A coroa de vidro lilás que vislumbrei
Em nosso primeiro encontro.
Braço engessado que se abanou
E bandeira hasteada que
Permaneceu no redemoinho do
Nosso enredo.
Grito só porque tenho boca
E minha antiga casa
Tem tapetes bordados por mim
Para serem pisados por ti:
Pés de algaravia
De dote mal dado
De prescrição inconclusa
Grito porque boca é fonte de peixes
E águas que curam, que jorram
Que inundam.
Seus braços se aproximam de meu corpo

E me enlaçam:
Volta pra casa.
Volta para a escada que sentavas
À minha espera com o prato de comida na mão.
Vou estar contigo com ou sem grito
Com a boca aberta ou muda
Com boca ou sem boca
Peixe que sangra
Manchando o camafeu dourado
Que ganhei de Deus como prêmio
Pela quantidade de horas
Que te esperei.
Não me diz nada.
Apenas me espere.
Cruze as pernas
Observe a comida do prato
Enfileire os peixes que,
Do degrau de cima,
Te olham.
Verifique se aquele quadro fixado na parede esquerda
Aquele sem moldura
Está alinhado.
Abra o botão primeiro de sua camisa amassada
E me aguarde.
O peixe volta
Peixes voltam
Voltarei diferente
Desigual
Mais torto, mais latente e úmido,
Mas voltarei.
Para sua comida
Seu braço engessado, seu cotidiano.
Voltarei para suas pernas
Que tanto me olham

Para os seus passos que tanto me seguem.
Pode ficar sentado
O grito é meu.
A dor é minha.
Estou no planeta seco.
Saberei com o tempo engolir essa terra seca,
Abrandado e completo.
O peixe que volta será outro.
Peixe vertical e soberano.
Quando seu tempo chegar
Quando a ostra se formar
Descruze as pernas, ajeite o quadro
Coloque seu cabelo alinhado
E ande, ande.
Grito porque o caminho é sempre o mesmo
As margens sempre postas
O amor sempre seco
E das bocas não saem nada mais
Que dúvidas.
A vida é um peixe incompleto
Onde a palavra amor exorbita.
Peixe demorado
Peixe continente inóspito.
Grito somente porque te quero.

Osso 3

Da pele açucarada do rinoceronte quero seus recortes
Mapeados em palma de minha mão quente.
Tatear seu profundo corpo
De escamas lunares
E pousar acintosamente minha boca
Em seu andar ensimesmado.
Pura poesia novamente que entra
Pelas narinas do tempo que está.
Somente está.
Tempo que não se mede
E não se fixa
Enquanto se olha o animal posto
Perpendicularmente ao cedro que,
Visivelmente, goza de sua existência.
Sua tonelada e meia
Ou pesos outros convivem
Harmoniosamente com meu olhar que,
Pragmática e confortavelmente,
Escaneia o golpe do ar
Frente à cabeça
Que mal se move.
Fantasia de queda
Fantasia de baile
Fantasia de maquiagem empoeirada.
Cascos derivados
De petróleo e óleo que, se não unta,
Alivia.
Rinoceronte, animal faminto
Que pede hóstia
Que pede mímica

Que pede peixe amarelo
E não desfaçatez.
Animal que pede espaço para ser,
Voar e permanecer
Onde se quer.
Da pele assustada e por isso
Abissal do bicho,
Tentarei conter seu sabor acre.
Fantasia de misericórdia.
Minha vida vale a tua.
Tua roupa esconde a minha:
Alma abundante e devassada.
Sinônimo de espera em altar.
Rinoceronte que ritualiza com Deus
Não suspira e não deixa
Que toquem em sua pata azul.
Do contrário, para que servem as pedras
Onde os peixes dormem e que lhes servem
De obstáculo e ao mesmo tempo apoio?
Suas unhas carregam o mundo
E o mês de fevereiro os apavora.
Do coração nem se diga:
Ocupa o corpo.
Ocupação voraz do atrás da cabeça
Do atrás do tempo
Do inverso da medida certa:
O corpo que transborda.
Do atrás do atrás.
Coração atarefado com o pássaro que pousa.
Coração que arfa na longitude da espinha dorsal.
Coração apavora o céu todo.
Chove fraco
Chove médio
Chove forte

Chove a não mais poder.
O olho do rinoceronte que,
Borrado,
Esgarça um delírio:
Sou boneco, sou boneco
E conheço as cartas
Portanto sábio sou
Mamulengo é bicho doido
Voador
Sagaz e aventureiro
Pernoita em tocas estranhas
E gosta
O mais da vida: gosta.
Se esbalda no gostar.
Não chove
Chove não.

2020

Osso 4

O homem dos gatos observa a estrada
Sentado numa pedra arredondada.
Ele está pensativo e de pernas entrelaçadas.
Seu coração calmo.
A estrada se alonga às vistas de cada tempo
Que ele abre e fecha os olhos marejados.
O coração calmo não dá sinais de tranquilidade,
Ao contrário.
Logo se saberá.
O homem dos gatos
Tem por volta de cinquenta anos e,
Vertiginoso e emocional,
Nunca deixou de perceber-se alheio
À vida que chamam de normal.
A música da vida para ele
Era música de afago e conforto,
Mas com questionamentos constantes.
Sentado, observa a estrada
E com o pensamento longe,
Gira a cabeça para observar o céu que corre solto
Feito serpente ao sol.
Céu sem beiras
Homem sem margem
Vida sem definição
Cálculo sem controle.
O coração só para de bater no instante devido.
A hora da parada é a nota que não se toca
É a nota que não se ouve
É nota musical que não se entende.
O ar ameno abraça a claridade da tarde

E a torna conveniente e agradável.
Temos notícia de uma flor
De cor entornada para o abstrato
Que pende rente ao seu braço e ele,
Então, passa a observá-la.
Chão acobreado e falsa sensação de racionalidade
Que cisma em abandonar o homem dos gatos.
O amarelado da vida.
Brisa que se esconde.
Brisa que não está, que nunca esteve.
Coração calmo nunca mais.
Nota-se vida em plena convulsão,
Simbolicamente,
Pois não se tem controle sobre o coração,
Apenas tenta-se não pensar sobre.
Lodaçal e verbo transitivo e movediço.
Os verbos de nossas frases
Não podem nem deveriam ser movediços.
O homem dos gatos tem parecimentos
Com pássaros fartos de voo.
Gato Joel
Gato Ismael
Gato Fernando
Gato Alaor
E gato Ari.
Um a um
O homem que se chama Novembro
Retira os gatos de seus bolsos fundos
E os coloca na rua estreita.
Deita-os.
Olha o céu, respira arfante e volta a dormir.
Tentar o sono dos que merecem.
Antes do sono, ainda lembra de tirar
Do bolso superior da camisa mole

Um bilhete escrito horas antes,
Um papel amarfanhado, onde se lerá:
A noite é longa.
Os porquês não bastam.
A cegueira me toma e continuo inconcluso,
Feito o mármore, feito o fogo,
Feito o feito.
A noite demonstra um despreparo inato
Para o amparo.
Pela janela olho pontos luminosos que,
A perder de vista,
Emolduram formas de uma cidade fria e enigmática.
Que não me emociona mais.
A pergunta que se aplica à boca é:
Até quando?
Tenho parecimentos de espelho
Em minha carcaça que
Ora rejeito, ora abraço.
Não quero mais suportar.
Me deitem nas montanhas
Com meus gatos e me façam dormir,
Por favor.

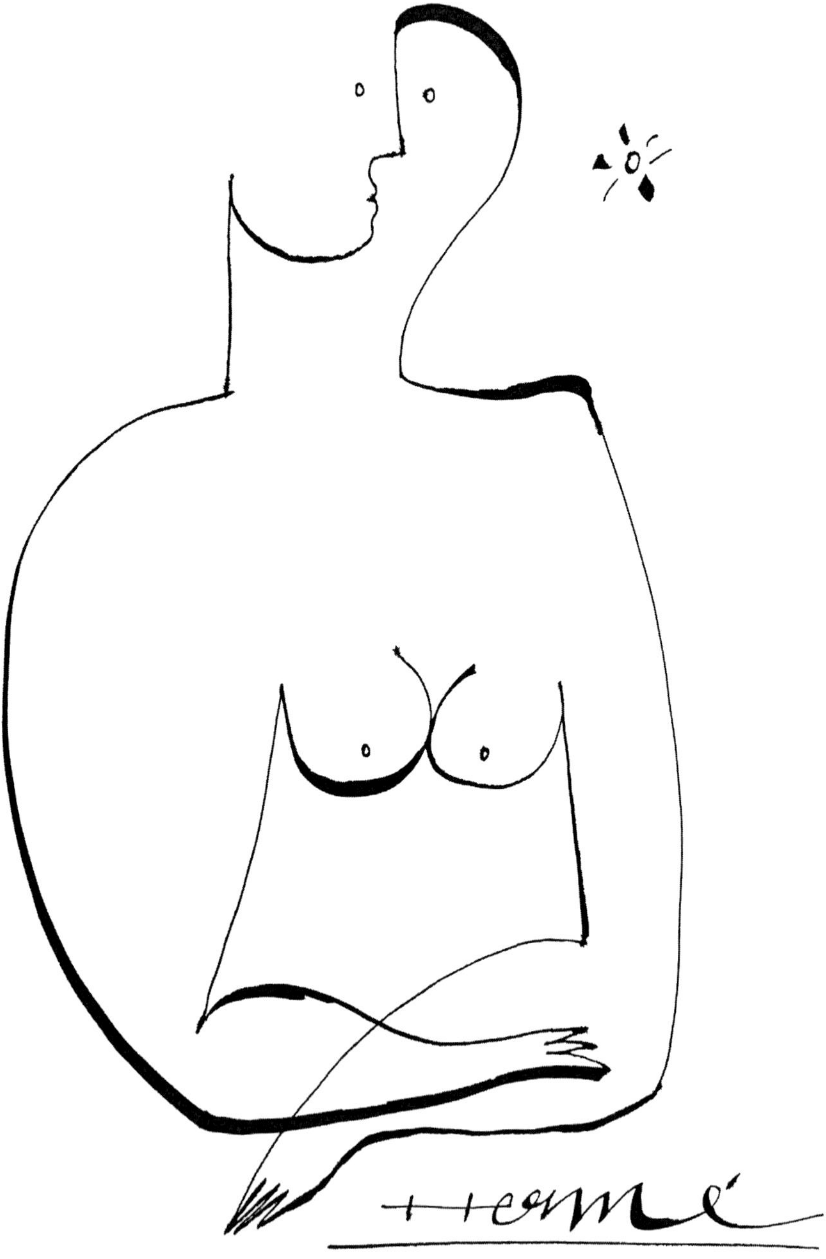
Hermé

Osso 5

Peixe do meio-dia,
Peixe resfolegante,
Peixe banana dos trópicos,
Peixe metade de mim, a parte baixa, a incongruente
Peixe mascarado que te habita
Que permanece ao meu lado
Estirado, disposto a tudo
Peixe fino das onduras
Peixe grosso dos diamantes.
Concluo que peixe com peixe é peixe consumado
E dito.
Cardume das esporas dos galos das manhãs de outubro.
Me sinto num cardume vasto,
Cardume agigantado e flutuante
Me sinto solitário e borbulhando
Como num sonho.
Ser peixe
É não se sentir adequado
Peixe Deus que não chega
Peixe Deus que não ouve
Peixe Deus de memória que não larga.
Atávico
Permanente e
Eficaz.
Peixe centro de estrela
Que me sabe impotente.
Peixe nabuco que sabe
Dos meus esgares e torpores.

Osso 6

Espada do meu intenso querer.
Escapa do meu esqueleto lento lento
Uma migalha sua que me interessa.
Farpa cindida em três.
O pertencimento de qualquer objeto ao ar
É rarefeito e improvável
Areia moldada nos três querendo
Palpitando contato
Faca juntada ao corpo
Que pede corte de estrela
A dobra do osso escapa ao entendimento
Do provável
Mas cabe no entendimento do que se quer ser
Do inefável
Do que importa
A areia nos dedos significa passado líquido
Que jorra das veias, entenda.
Escapa, de forma líquida, de minhas mãos suadas
O ritmo da equação
Que se buscou
Para o equilíbrio dos sentidos
Melhor assim
Não vejo luas próximas
Descubro ossos enterrados
Numa terra árida e me aproximo ainda mais.
As descobertas sempre me foram plausíveis
Como quando descobri o amor.
No abaixar para tocar o ouro
Que havia descoberto
Entonteci de momento e me

Deixei tombar e ainda permaneço.
A vida com seus líricos enigmas me encanta
Enquanto me avassala.
Sou o cavalo nas costas da tempestade.
Meu coração entra e sai
Destemperado do meu peito
Como um ir e vir de mar revolto.
Peixe que sobe e desce em árvores
Peixe sonolento descansa na palma da minha mão.
Peixe albatroz com mãe ausente
Suspira e fala de perdão.

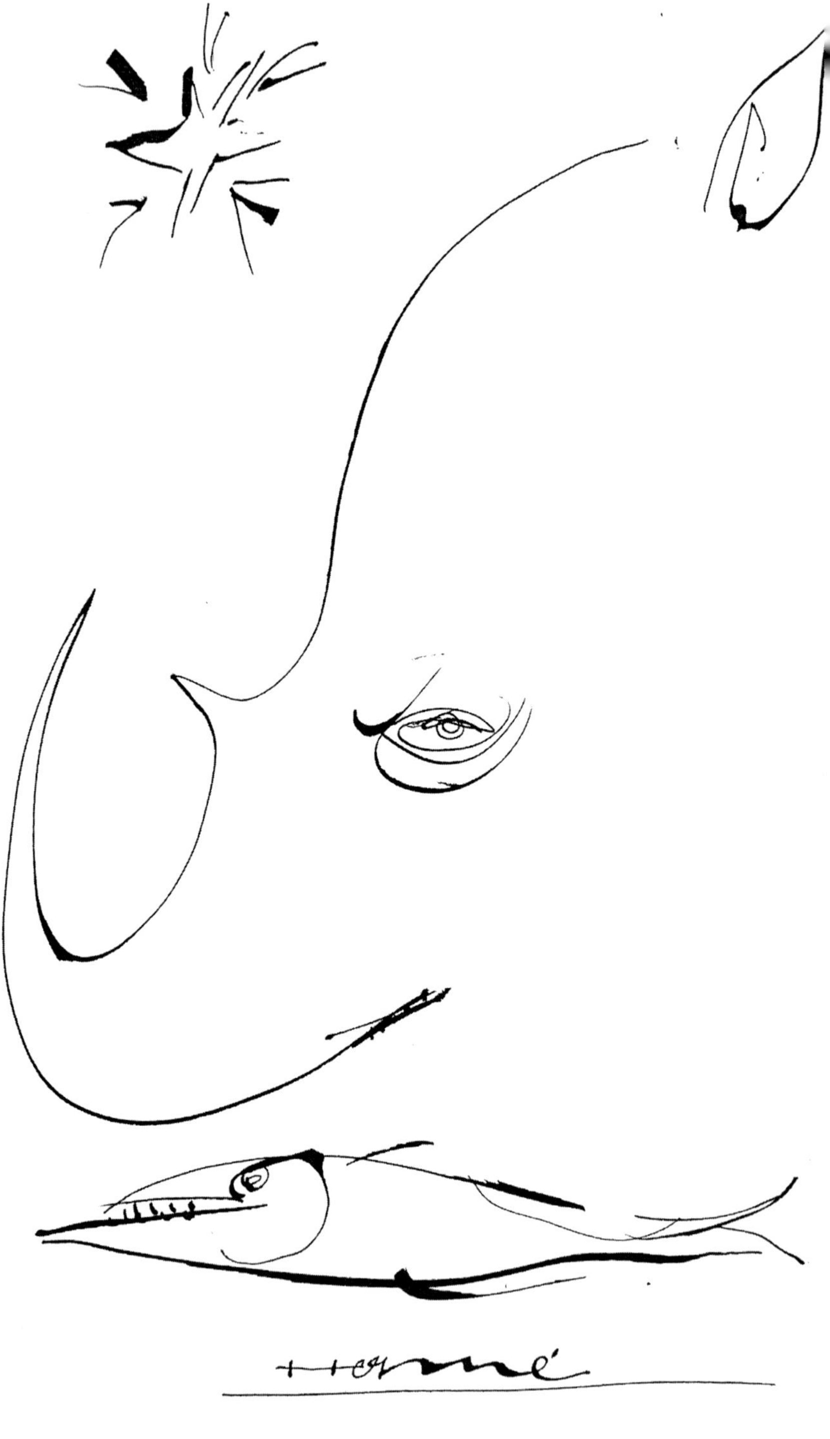

Osso 7

O peixe do baralho tem acento tônico no nome
E quando fica embaralhado
Se dispersa.
Todo o horizonte lhe seja dado
Em porções desmedidas e
Brandamente.
Peixe naipe preto que requer zelo
Tenho dormido pouco por minha causa,
E agora?
Peixe branco e azul que me servia
De amuleto
Está em outros mares,
Longe do meu barco,
Que carece de remos.
Jogo que não jogo
Mar que não flutuo.
Que sei da vida?
Te conheço há tempos
E nunca te tive dessa maneira:
Inteiro e em termos,
Se é que me entende.
Se é que me entendo.
O que de você tenho mais próximo a mim?
A distância?
O não poder ter-te inteiro?
O duvidar de si?
Mar coberto por peixes plásticos
Não me interessa,
Passa longe das linhas da minha mão.
Quero te informar, peixe,

Informar
Que eu te pertenço pra toda vida
E você a mim.
Você cabe no meu bolso como
Bússola que direciona o rumo,
Apruma.
Seu abraço, cipós de vidas outras,
Me toma todo, não só meu corpo.
Peixe abracadabra, peixe fausto,
Peixe grafite de reboco
Peixe cor de não entendimento
Caminha por minhas selvas
Pelos meus recôncavos
Em meu território te deixo ser,
Permaneça.
Eu nunca estive tão intranquilo.
Posso perder algo que sempre quis
E que venho perdendo há tempos.
Quero a outra coisa:
O que até hoje não tive.
Quero o peixe da sorte:
Peixe Miranda.

2020

Osso 8

Escrevo sobre o começo do fim
Da estação amorosa.
Peixe que se desprende do fundo do rio
E busca navegação,
Pilotagem da própria vida.
Penso que, quando das bocas
Emanam palavras,
Duas verdades são postas:
A que se diz e a que se entende.
Equação possível é um peixe raso
Estou entre paredes
Sendo devorado por um cardume sangrento
À espera por melhores dias e um sentir que,
Além de não saber explicar, não controlo.
Então resolvi,
No meio desse asfalto quente,
Parar
Pés descalços
E tatuar um peixe definitivo, ou ao menos
O esboço desse peixe:
Peixe cataclisma
Peixe demolição
Peixe-que-farei-de-mim.
Escrevo sobre o dia em que,
Andando na rua,
Olhei para baixo
E meus pés estavam envoltos em nuvens
Que também enrodilhavam tudo que aparecia:
Insetos
Pregos

Cascas
Poros
Pegadas
Sementes
E peixes de tamanhos e cores diferentes
Em reuniões festivas.
Nuvens envolvidas em meus pés
Que me faziam enxergar alto
Alcançar céus
Por minha mão desenhados.
Eu sonhava e a nuvem atendia meu sonho
Peixe de festival de inverno:
Completo.
Escrevo sobre nuvens como quem toca
O abdome do ser que se ama.
Como quem atinge o mais secreto do pescoço
Com um perfume que abranda
Nuvem catártica pousada,
Fixada em pés alados.
Escrevo sobre peixe que quer abandonar o recinto
Sem machucar e sem ser machucado
Sobre peixe cuidadoso com o outro,
Com o coração descoberto.
Escrevo com o coração visceralmente descoberto.
Hoje descobri que os peixes
São para a vida
Amuleto
E não para outra coisa.
Outra coisa
É nuvem de não-sei
É nuvem de espere-o-momento-certo
O momento certo foi o agora
Que já não é.
Se perdendo está em palafitas,

Prostrações,
Redemoinhos naturais.
E é bom que assim seja.
Com o sinal do “e agora?” no peito
Me encaminho para o altar mais próximo
E ofereço:
Deus me encaminhe
Para uma estrada de duas mãos por favor
E por falar em mãos,
Deus
Por favor não largue da minha
Onde quer que você e minha mão estejam,
Não a abandone.
Serei nada nesse momento sem ela.
Hoje acordei com ideia absurda
De espremer uvas em meu rosto desalinhado
Pelo choro.
E será isso que farei:
Chuva
Peixe
Uva.
Chuva
Peixe
Uva.
Peixe
Uva
Chuva.
Uva
Peixe
Chuva.
Uva
Chuva
Peixe.
Peixe

Uva
Chuva.
Peixe.

Osso 9

Murilo é nome de peixe casto
Sem relâmpago no dorso.
Costela linda e esvoaçante
Costela dos antepassados remotos.
Movo de forma perpendicular
Minha cabeça achatada
Para ficar aproximado dele,
Do peixe anjo, plúmbeo e meu
No momento:
Amor que intuo.
Anjo do meu senhor maldito
Espúrio
Anjo de espírito fraco e desejante
Junior não quero mais te desejar,
Mas desejo.
Como caminhar num matagal de urtigas
E plantas que ferem
Com o coração à mostra?
Na viuvez dos dias.
Na contagem dos dedos sem marcas,
Sem linhas.
Fausto peixe de décadas orquestrado
Música gerada nas têmporas.
Decisão que se quer,
Peixe brando que se busca.
Na viuvez dos ímpares dias.

2020

Osso 10

Pelos meridianos do seu corpo retrátil
Percorro cauteloso
A seiva desenhada
Certo que
Mel jubiloso encontrarei.
Debaixo de sua língua de argila
Habitam poderosas notas musicais
A serem cantadas.
Pelos labirintos de ti
Escondo e vou escondendo
Meus motivos para saber-me.
Rubi será opala ou atende por José?
Ônix imediata será ametista ou Leopoldo?
A pedra verde esmeralda
Então diamante
Ou atenderá pelo nome Pedro?
Turmalina é pedra safira ou será João?
Por tantas dúvidas
Sei um nome que te define:
Vértebra de pelo.

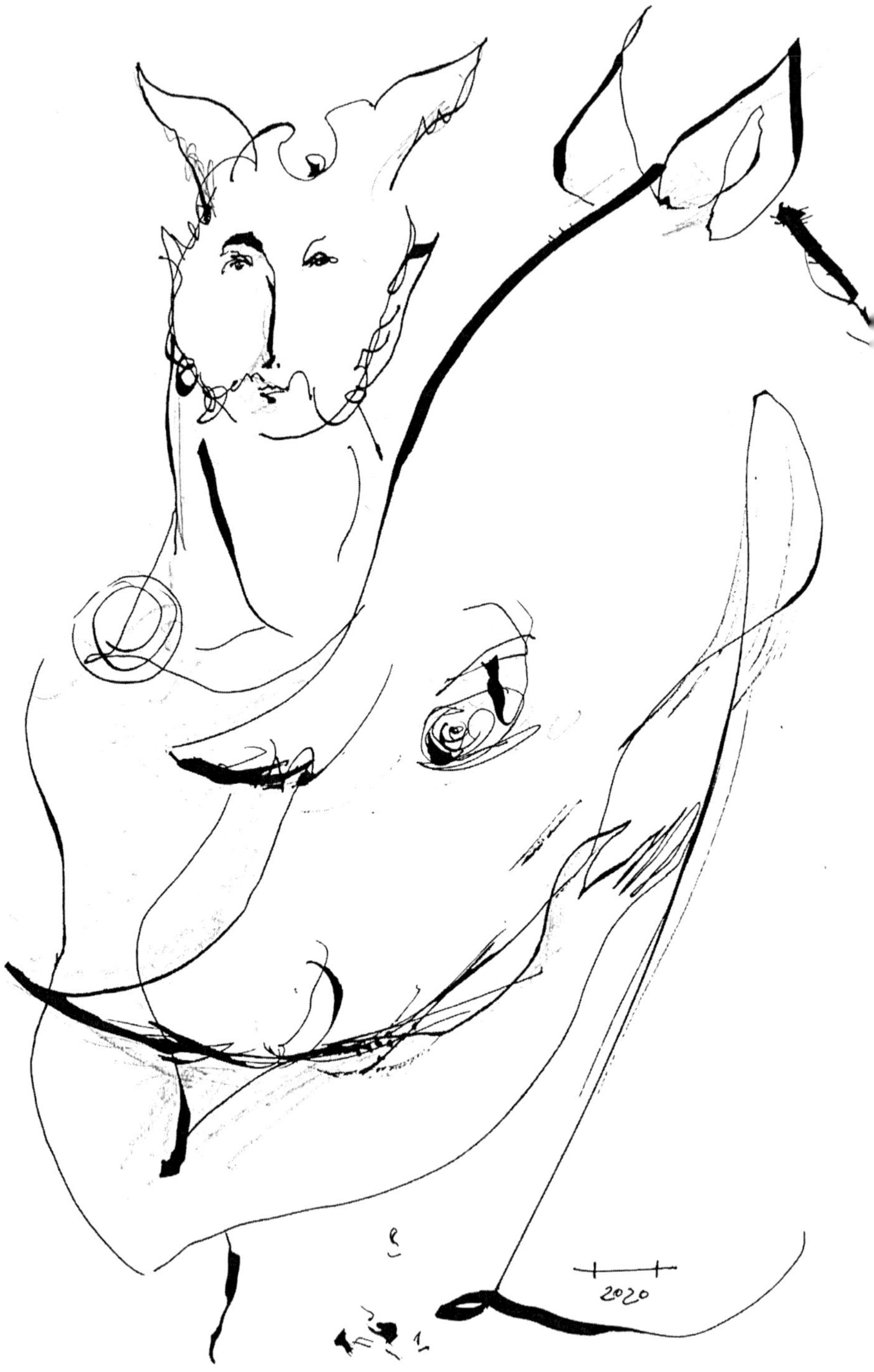
2020

Osso 11

Metade do peixe fica à esquerda de mim.
Peixe oblongo e sem contorno labial
Peixe tanajura
Que se opõe a relâmpagos.
Lado viável para que se veja a vida
Primavera que não aparece
Boca que não morde
Inseto que não pousa.
A metade branda do peixe
Suspeita a pane e desconstrução.
Palafita afogada
Palafita que contorna a linha tênue
Da nuvem carregada
Cheia de chuva.
Peixe macambira
Peixe macambira
Peixe piche de demônios
Peixe algodão dos despertares longínquos.
Barbatana que, resfolegante,
Brinca com meus folclores internos,
Com meus batuques ancestrais,
Meus atabaques divididos em mãos magras
Que sabem do movimento do maestro
Para continuar.
Barbatana que
Nessas mãos
Poejo viram e se esquecem.
Peixe labirinto,
Monocromático e seco.
Quando nos teus olhos

De léguas pouso os meus olhos
De esponja
Minha respiração acelera
Meus dias passam a ser poucos
O deserto empalidece de vez
E momentaneamente morro.
Peixe matemático sabe desses trâmites
Peixe incongruência se avizinha
Então pronto...
Tenho que te contar
Que os dedos do peixe alargador
São tão
Tão
Tão unidos
Que quase chegam a ser mão.
Olha, por favor, de beira,
Para o meu lago refrescado para ti
Olha
Fica
Deita
Peixe Valeriano
Peixe absoluto
Peixe afogadiço e poético
Peixe que quero
Peixe que penso.
Tomar um gole dessa água do lago
Benzer o joelho,
Tão dado às genuflexões complexas
E infrutíferas
Benzo o joelho e me estendo
Benzendo o corpo todo
Com essa água pela qual
Seu corpo todo passou.
A permanência do seu cheiro nela

Me é vital
Com esse benzimento loquaz
Derramamento contínuo
De quase sangue,
Noto
Que uns peixes atentos
Se juntam ao ritual de banhamento
Uns
Alguns
Poucos
Mais
Muitos
Tantos
Bastante
Expressivos.
Orgia eclesiástica
No batismo do homem que amo.
Os peixes pulando no colo
Deste ser aguado por água batismal
Benta e sagrada
Água do meu lago
Lago do meu quintal
Quintal da minha casa
Casa da minha alma
Alma que é sua.
E tudo se refaz:
Peixes que entram e saem
Das bocas
Dos buracos
Da lama
Do enxofre
Da nuvem
Do algodão
Da mata

De mim.
Entram e saem
Entram e saem.
Peixe esconderijo de mim
Peixe esconderijo do outro.

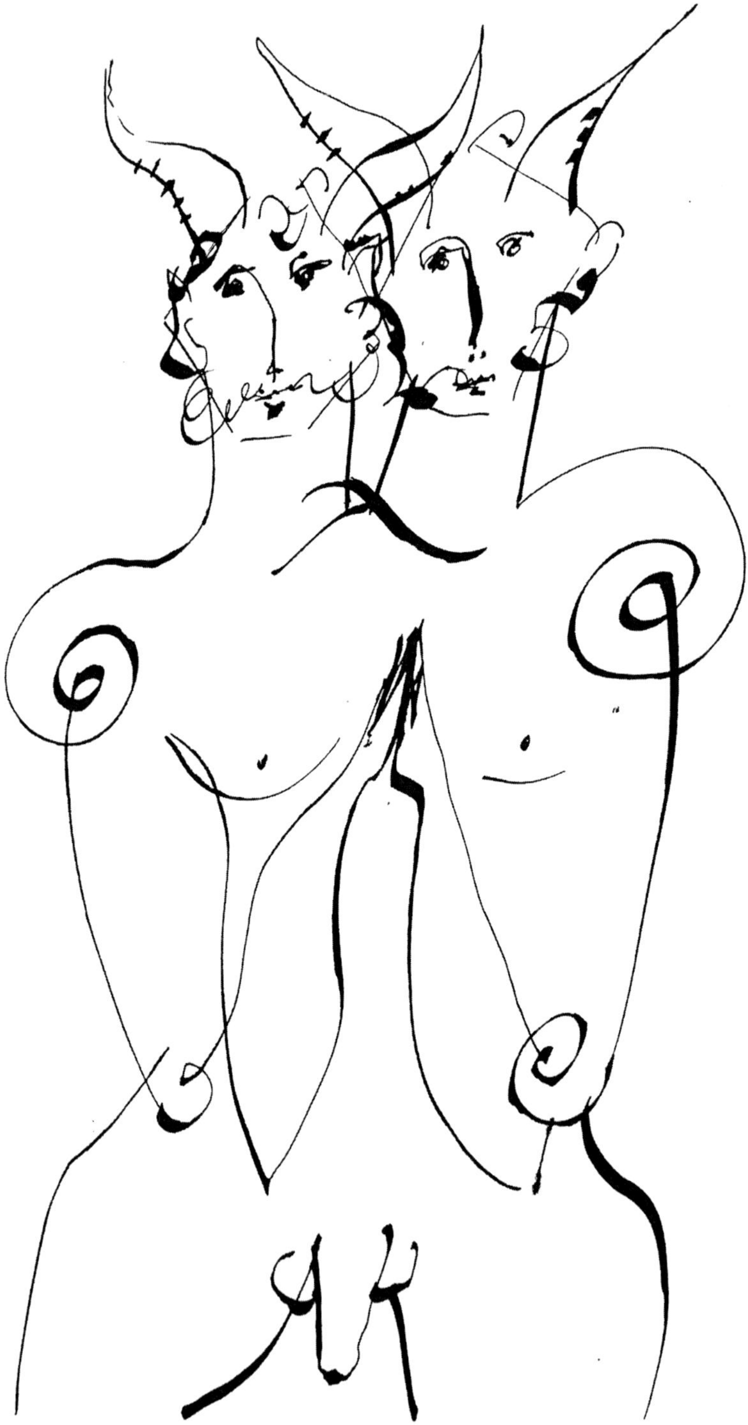

Osso 12

A linha do horizonte
Se apresenta de maneira misteriosa
E convidativa
Que gosto terá o lugar ermo
Que não alcanço e tanto almejo?
Quais companhias terei
Quando meus olhos se fecharem para o dia?
Passos meus que levantam poeira
Pelo trajeto
Pelo traçado
Pela viela.
Esmola de mão dupla:
Quem dá recebe.

Osso 13

Peixe Murilo ou Junior
Peixe de minha infância
De ruas estreitas de terra,
Infinitas.
Ruas nas quais caminho
Ainda em devaneios frequentes
Peixes fincados num quadrado
Da memória
Que ativam meu sentir das coisas,
Poetizam a minha vida
Peixe Junior abrace a minha mão
E a coloque no encosto
Do seu ombro e deixe.

Osso 14

Tem coisa breve chegando:
Martelo de almofada
Tem coisa breve chegando:
Repartição de nuvem
Tem coisa breve chegando:
Lontra de limo
Beijo de aruanda na esquina
Pedal de periquito
Coisa de antemão
Novela inesgotável
Retrato arruaceiro
Tramela que abre e fecha
Buraco de pôr o dedo
Céu que enfeita a terra
Água de preenchimento
Ninho de quero mais
Mão dada infinita
Aperto que não cabe
Dia de procissão
Vontade de enfeitar
Secura de céu da boca
Cabelo na testa torta
Dizer bom-dia com dois dedos
Dizer boa-noite com piscar de olhos
Calar de boa vontade
Fazer de conta atrás da porta
Desviar com o rio dentro
Esperar pelo clarão do dia
Abraçar a árvore
Contornar o quintal

Chorar de esperança
E contar com céu que abrande minha alma.

2020

Osso 15

Peixe floco de neve
Que se dissolve numa equação assombrosa:
Peixe amor.
Peixe borbulhante em sangue de artérias
Que se enroscam
Num marulhar frenético.
A pulsação é vida pura
Jorra, jorra.
Peixe entregue aos deuses como prova
De devoção.
Amor é peixe vadio que espreita,
Espreita, e se esconde na toca.
Longe da luz.
Longe de mim.
Longe de palavra que o defina.
Peixe avantajado
Para o meu bolso de algodão
Peixe ensolarado num tanto muito maior
Que o varal da minha alma.
Não cabe migalha na minha alma de poeta
Sempre vida farta
Abundante e preciosa
Como turmalinas que dançam no colo
Da pessoa que se ama
Peixe São Jorge
Peixe Murilo
Peixe Benedito
Peixe idiossincrasia
Peixe qualquer
Peixe nenhum.

Quero de mim contar um segredo:
Falo por falar
Falo porque a boca pede
Do contrário, múmia seria
Que é melhor.
Sei que viajo para esquecer
Esses peixes que insistem
Em me enganchar em seus dentes
E não os esqueço.
Às vezes acontece o contrário:
Me vejo olhando o espelho
Rios adivinháveis
Em meus olhos de caramujo vivo.
Peixe nenhum
Peixe São Lucas
Peixe São Jorge
Por que me emociono tanto?
Por que com a idade que tenho
Não aprendi com a vida o que se deve?
Me diga
Compactua comigo do que sabes.
Peixe peixe dos ares
Das profundezas.
Eu quero a alegria do homem que sabe
Ou acha que.
Eu quero colocar a mão na água e,
Além de te tocar,
Eu quero te sentir.
Às vezes eu sinto a água
Mas não sinto o peixe
Quero sentir o peixe
O desovar
O misturar das cores do peixe
Quero sentir o dedilhar inebriante de um instrumento

No peixe
Quero pertencer,
Eu que só flutuo.
Me deixe entrar em seu dentro
Peixe anfíbio
Peixe dromedário:
Piraputanga do meu deserto
Sejas para mim
O que o espaço é para o todo,
Peixe amuleto.

Osso 16

Trago algumas coisas do céu nos bolsos
Ilha amparada por céu despencante
Homens nascem em dias ímpares
Mulheres nos outros
Céu que relampeja como balde
Que sai do poço
Escalda
Tenho parecimentos de agonia
Quando olho seu corpo
Que treme frente ao meu:
Amor e desejo que cega
Peixe cerimonioso que reluz e sorri.
Nunca
Nunca se deve descer a rua
Sem olhar para trás
Nunca.
Tenho água empoçada no tornozelo
Como forma de dizer que te amo
São Jorge.

Osso 17

Peixe oblíquo que tamanduá rejeita
É peixe não acostumado a amor dado.
Peixe atingido pela alga insossa
Precisante de abraço
E palavra bem dada.
Tamanduá não é bicho que se esquiva
Ser que deseja,
Ele é bicho que não é de guardar.
Constrói sua vida em malabares
Ele até aconselha o peixe
Obliquamente pousado à sua frente
Mas,
Vivo vivo que é,
Deixa o peixe se ser.

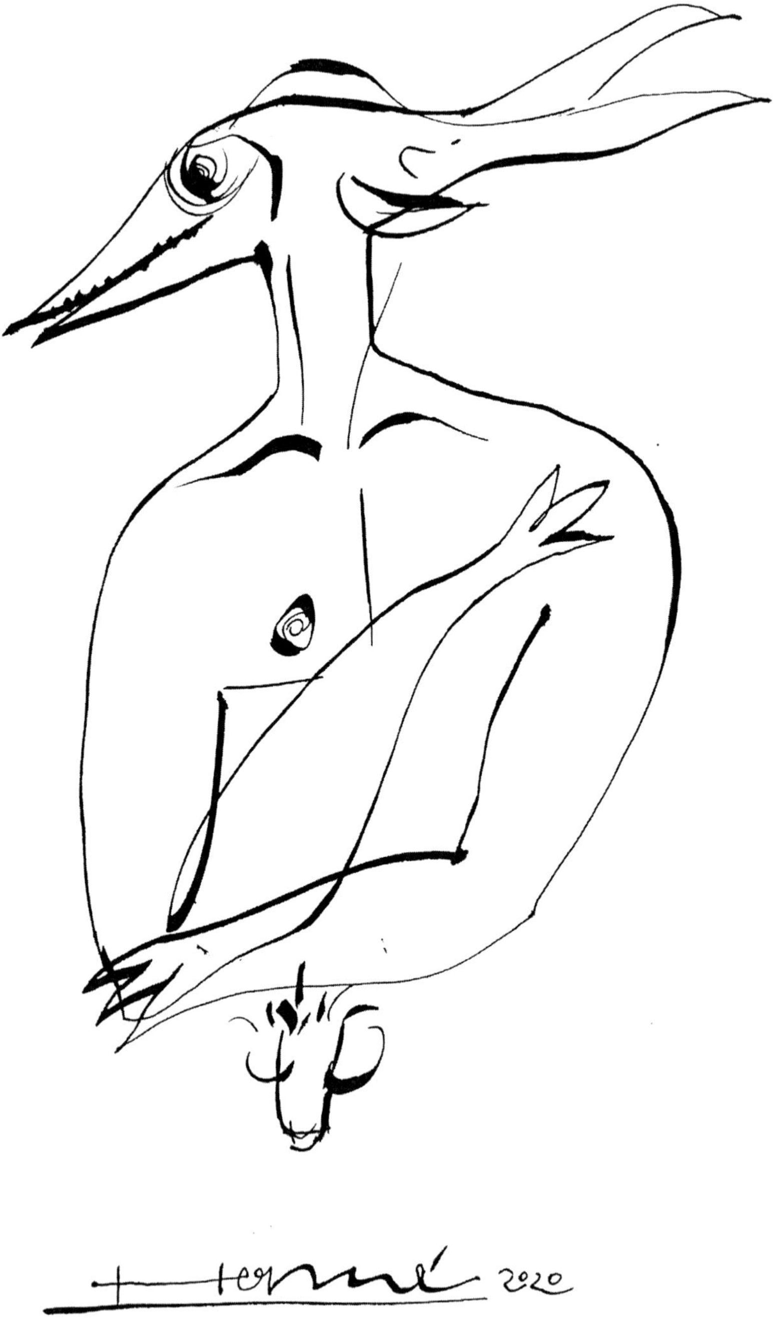

Osso 18

Quando aparece de súbito o peixe
Aba aba
É rebuliço na certa.
Peixe dividindo a escada com
Outros seres menores e maiores.
Escada que dança conforme a maré
Peixe abóbada que cresce
À vista
Peixe mantra que desvia, desvia.
A nuvem do rastro do peixe jacundá
É pura magia aos olhos de quem sente.
Eu, de lambari em lambari,
Choro muito entre as pedras com limo.
Peixe espera
Peixe cauda
Peixe agora
Peixe calma
Peixe hipótese
Peixe lua
Peixe eu
Peixe você
Peixe até breve.
O domingo para o peixe
É dia de sagração
Encantamento e
Palpitação.
Peixe que pula
Peixe espiralado que pede abraço
Peixe devotado que come alecrim
E não engasga.

Piraputanga é peixe de benzer
E tem olho vidrado e loquaz
Olho que fala e perpetua o que diz:
Deixa marca
Feito amor verdadeiro
Feito lua acima do vulcão
Feito vulcão acima da choupana
Feito choupana acima do tatu
Feito tatu acima da minha pele que pede resposta.
Tabarana é nome de peixe azulejado
Que, sanfonado, se mete em dois cubos por vez
E deles sai ileso, sem
Pontos negros de manchas imperdoáveis
Tabarana é peixe raso, de alturas
Tabarana é peixe oculto
Em ossos humanos
Que,
Mais que aflições,
Escondem prostração.
Girafa é nome de peixe que se quer
E ainda, inadvertidamente, não se tem.
Peixe barbatana
Barbante
Adiante e sempre
Peixe sempre e peixe quase.
Céu de acento átono
Outonal
Átomo.
Tira a serpentina do meu olho
Embalsama meu sorriso
Congela minha mudez frente ao seu toque.
Delírio avantajado firmado na alma
Do que não morre nunca:
No eterno da criação

Na mitocôndria contornada no espelho
Que é a vida
No espesso dos poros
No caudaloso lar do congro
Congro é peixe mulambo como eu
Diferente nas arestas
Nos me-avise-antes
No redemoinho da vida
Eu quero de você, peixe,
Tudo que a boca pode pedir.
Peixe surubim é dadivoso:
Para ele rogo
Vivo surubinando nas alturas de olho em Deus...
Olhos às alturas.
Surubim é peixe breve, qual felicidade
Qual fatalidade
Abra a boca sua e a do surubim
Ao mesmo tempo
Em qualquer quinta-feira de outubro
E note o que acontece.
O surubim pausadamente
Fechará seus olhos reluzentes
E temidos
Mas muito pausadamente
Sua cor aluarada ficará lisa
Lisa feito musgo
Musgo cor
Musgo ardor
Musgo prata do peixe listra
E então você notará
Que também seus olhos pausadamente
Se fecharão e deles,
Depois de quatro segundos,
Brotarão águas secas salgadas

E os olhos continuarão fechados e,
Vermelho instalado,
Arderão
Muito muito.
Ritual:
O peixe te olha,
Já com os olhos delicadamente abertos.
Também você abrirá seus olhos
Instante devoto que se tem.
Peixe surubim é assim:
Cataclísmico
Como amor de mãe.
A terra verde e prata
Misturada com o céu
Presencia sempre momentos ímpares
Com peixes,
Especialmente com o surubim.

Peixe de alga
De água
De alguém
Peixe azul que sobe escadas
E lá no alto permanece
Peixe eu
Peixe distante à procura
Pei cheiro de mato, de orvalho,
De vida.
A poesia importa.
Dias felizes são os dias que vemos peixes.
O que se fala sobre os peixes
De pena escondida
É sintomático na sua própria voz:
Será verdade?

2020

Osso 19

A máscara é mais relevante,
Pois revelante
O que ela revela nunca é o que se mostra
Às vezes o seu avesso é posto,
De fato.
A máscara é o meu contrário
Quando no rio entro e fecho os olhos.
Fecho os olhos e não respiro
Esperando Deus,
Que nunca chega.
Abro as pernas
A água entra, lodosa
Como tem que ser
Fecho as pernas e nesse movimento
Tudo revelo, meu ser todo.
Sou essa máscara posta
Calcada
Fixada em meus poros que pedem ar.
A máscara relevante revela
Minha alma peregrina e afoita.
Enquanto permaneço nesse rio
De águas mornas
Abro a janela e o que vejo:
Cavalos marinhos
Amarelos e roxos
Como móbiles estirados
Num lençol azul
Que chamam de moradia:
Lençol avoante pede pouso e cuidado.
Enquanto isso,

2020

Osso 20

Peixe dromedário e impulsivo.
Cheiro meu impregnado nos pelos e escamas
Sutilezas das permanências
Nesse cardume orquestrado
Tendo nas costas
Solidão avassaladora e desejada.
Peripécias de um peixe ensinado:
Cantar desavisado.
Raios de luz adentram
Águas bem claras
E a mansidão se dá.
Mansidão se dá.
Mão se não se dá.
Mão se não se dá não tem jeito.
Há de haver a troca
No contato das mãos.
Peixe que não atende pelo nome
De regra
Quer me enlaçar com seus trejeitos
Resfolegantes
E repentinos
E eu me deixo.
Sou peixe mais que lua
Sou peixe mais que vastidão do deserto.
Pegue em minha mão, peixe:
Mansidão
Pegue e permaneça
Peixe de águas claras
E de águas turvas,
Confusas, negras.

Águas necessárias
Peixe roda gigante
Que me faz conhecer outros ares:
Os de cima.
Amanheci hoje vagando
Pelo cômodo escuro
Pensando num pesadelo que tive:
Falésia, mar e pássaro
Pensei:
Nuvem verde, pessoa ao longe
Continuei:
Choro, mãos frias, roupa branca.
Vida sem peixe é desatino
Roda sem aro
Víbora sem boca
Pardal sem sossego
Abraço sem mãos.

Vida sem peixe
Não me sabe.
Não compactuo
Vida sem peixe é dente mole na boca
Saliva sem beijo
Parto sem vida.
Vida sem peixe não é vida:
É tentativa
Peixe rododendro
Que soluça ao ver seu amor
Aparecendo na esquina
Soluça, prende a respiração
E sente o coração acelerar
Coração de peixe, é sabido,
É órgão de frequentes
Aceleramentos e regozijos
Em coração de peixe cabem inúmeras melodias

Adágios que arrepiam
E solfejos inebriantes
Coração de peixe é assemelhado
Com colheita de uva:
Magias incontornáveis.
Rodopios de peixes vários
Em minha cabeça
Acostumada a tormentos.
Varal de poeira e folhas secas.
Peixe fragmentado que se mistura
Varal completo.
Quando ao ajoelhar
Chego até seu ombro
Espero do céu chuva repentina
Que me abrande.
Chuva repentina que,
Podendo ser de peixes,
Independe de minha vontade
Espero sentado
Nessa pedra ovalada, orvalhada
Com limo exposto
A procissão dos peixes brancos
Alvos
Tonitruantes
Pés no chão, pernas esticadas
E um assoviar meio murcho
Que sai dos lábios úmidos
Enquanto se acompanha
A procissão dos peixes.
Quando vejo seus olhos
Com arredondamentos assemelhados
Aos dos peixes de inverno,
Cruzo os dedos em flauta e espero.
Em meus bolsos carrego

Espécies raras de peixes
Que serão seus.
Sim, serão seus.
Como dobra de cortina
Como esperança passageira
Como
Pau de sebo junino
Feito meu ranger de dentes
Me acovardando
De um possível beijo ou abraço.
A solidão sempre me acalentou
Muito, mas muito mais confortável
Lidar com o abandono do que
Com um possível sim de um querer.
No abandono há o silêncio
No sim há uma ansiedade patológica
Que me assusta.
Peixe com o número oito
Estampado nas costas
Também me assusta, mas é diferente.
É um susto de pulo
Ao passo que o susto de sim
É um susto de sangue.
Peixe bandeira
Peixe Acapulco
Peixe martelo
Peixe conhecimento de mim
Peixe espelho que me devora
Peixe que me pega na mão
E leva para a calçada
Para o relento, me tira de casa.
Me faz escancarar
A boca pronta para o grito.
Peixe escritor japonês que me decifra

Andei sonhando com solavancos
E despertei com água à boca.
Tenho pareceres de bílis
E tremor noturno
Acordo várias vezes à noite
Desperto muitas vezes suado
Suado não, ensopado
Com merecimentos de banho.
De alecrim no pescoço, na parte de trás.
Varal de suor que verte lágrimas.
Retenho abraços que não dou.
Recuso abraços que me são dados
Pois de amido sou constituído.
Peixe que não dorme cedo.
Peixe que se desvincula de mim
Nos invernos tardios.
Penso na longa estrada
Que se apresenta à frente
E não descanso
Peixe espírito que me carrega nos braços
Entendendo de mim o que se deve:
O necessário.

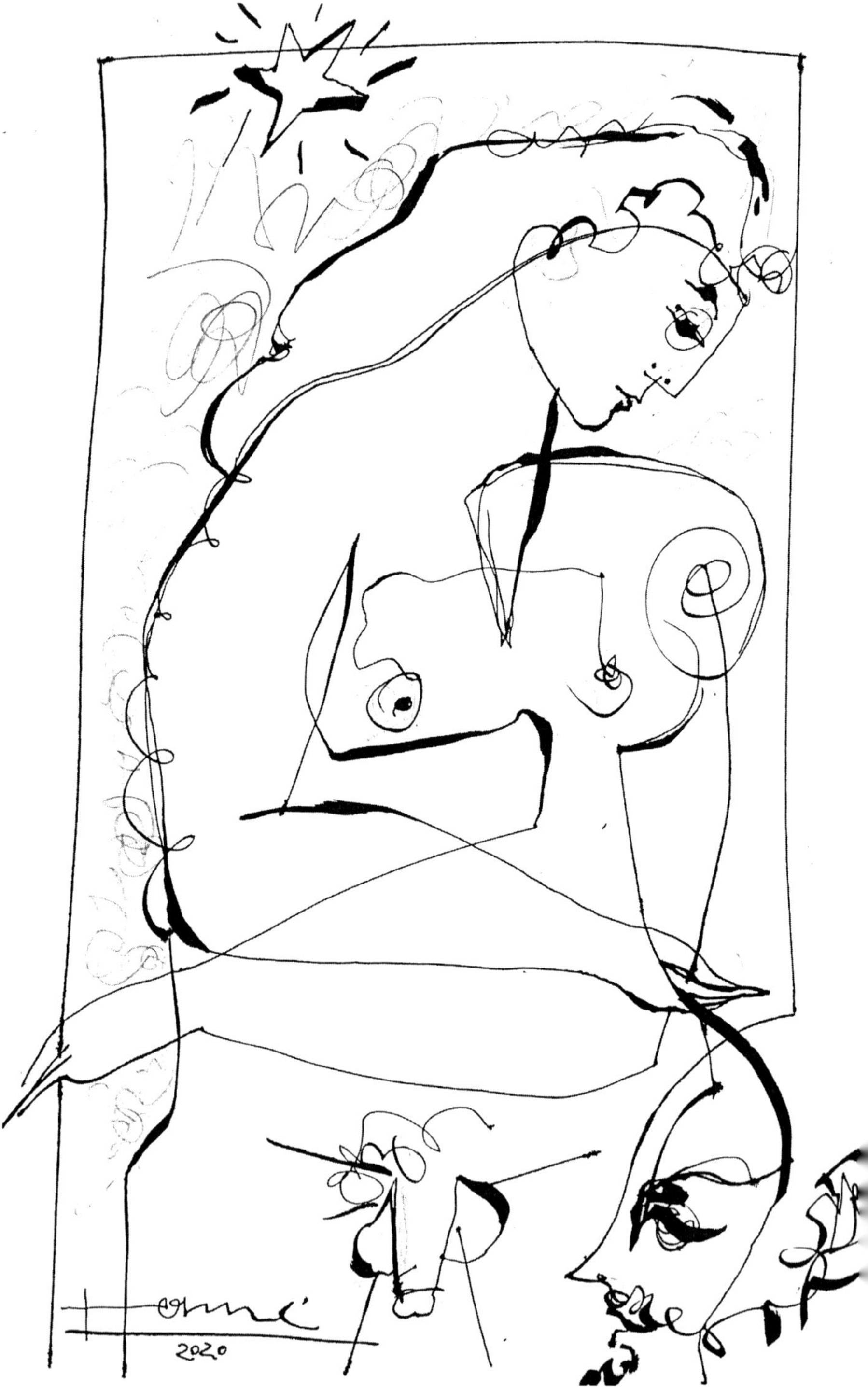
2020

Osso 21

A vida, aos poucos,
Cai aos pedaços, se esfacela,
Beira o abismo.
As pessoas conjugam o verbo ter
Com a boca inchada de prepotência e orgulho.
As palavras se desprendem da garganta
Com a arrogância do sem-medida
E as nuvens num céu pardacento e duro
Observam.
Melhor será caminhar
Em linha não tão reta
Para a direção da veia
Do líquido
Do que tem sentido.
A vida, aos pedaços, deverá ser reconstruída,
Ressignificada
E com afagos postos.
O vento, comandado por Éolo,
Que sopre em todas as direções
Do corpo da criatura humana
Para que o centralize e equilibre.
Hoje é dia de penitência.
Ajoelho, nesses dias, mais cedo.
Abocanho aos poucos,
Vez a vez,
A comida posta
E muita água bebo, até me fartar.
Com os joelhos doloridos,
Perdões dados e entendidos,
Alinho meu corpo na reta parede

E fantasio um voo raso de ave que sabe o trajeto.
Meu calendário,
Como o das aves,
É composto com esse perfil:
Janeiro: jabuticaba nos bolsos
Fevereiro: turbante na cabeça quente
Março: peixe que evapora sozinho
Abril: chapéu do meu pai pendurado na cabeceira
Maio: girafa engole o leite
Junho: meus dedos girando em folguedos
Julho: água da bica que nunca seca
Agosto: mais de mim em cada maquiagem
Setembro: renascer em sangue, água e benzeções
Outubro: vela que nunca apaga
Novembro: céu que se despeja em meu braço
Dezembro: posso te esperar?
O vento que sopra
todos os meses do ano no planeta
alivia a dor humana
e precisamos compreender que,
ao dar as mãos para que o vento
atue em nossos poros,
o céu fica mais baixo
a água fica mais cristalina
a terra permanece fértil
o fogo cristaliza nossa alma em energia vital
e tudo que é verde nos transforma.
A vida natural e abundantemente
É soprada em nossa boca.
Serão sereias o que vejo
Em cima daquela nuvem amarela?
Preciso descansar.
Acalmar meus membros.
Preciso não precisar.

Aliás, o contrário disso: prescindir.
Levanto novamente meus olhos
E o que vejo não é mais aquelas sereias
Naquela nuvem amarela e faiscante
Vejo apenas meu rosto
Sendo engolido por ventos macios
Como castelos de areia
Sendo absorvidos lentamente.
Eu me deixo ser
E me deixo ser levado pelo meu calendário
Dia a dia
Hora a hora
Até não mais me enxergar
E não mais saber do que se diz.
A capa da sereia era branca?

Osso 22

Revista de açaí tem de ser guardada dobrada
Para não evaporar
Igual coração da pessoa amada:
Dobre
E o deite na palma da mão
Não precisa nem fechar
Nunca mais vai embora.
Achei um dente de avestruz no bolso dele
Dizem que avestruz é ave
Com imã na pata
Seu dente traz sorte:
Aproxima
Quero avestruz na parede de casa
Só a foto
Para eu olhar o dia todo:
Te aproximar
Igual obra de arte.

2020

Osso 23

Eu peixe formatado que sou, noto:
Não existe espaço para mim em sua vida
Espiralo
Espiralo
E espiralado
Mesmo assim não sei o que fazer.
Subir montanhas é até fácil.
Difícil é aguardar chuva
No meio dela...
Eu já fui melhor.

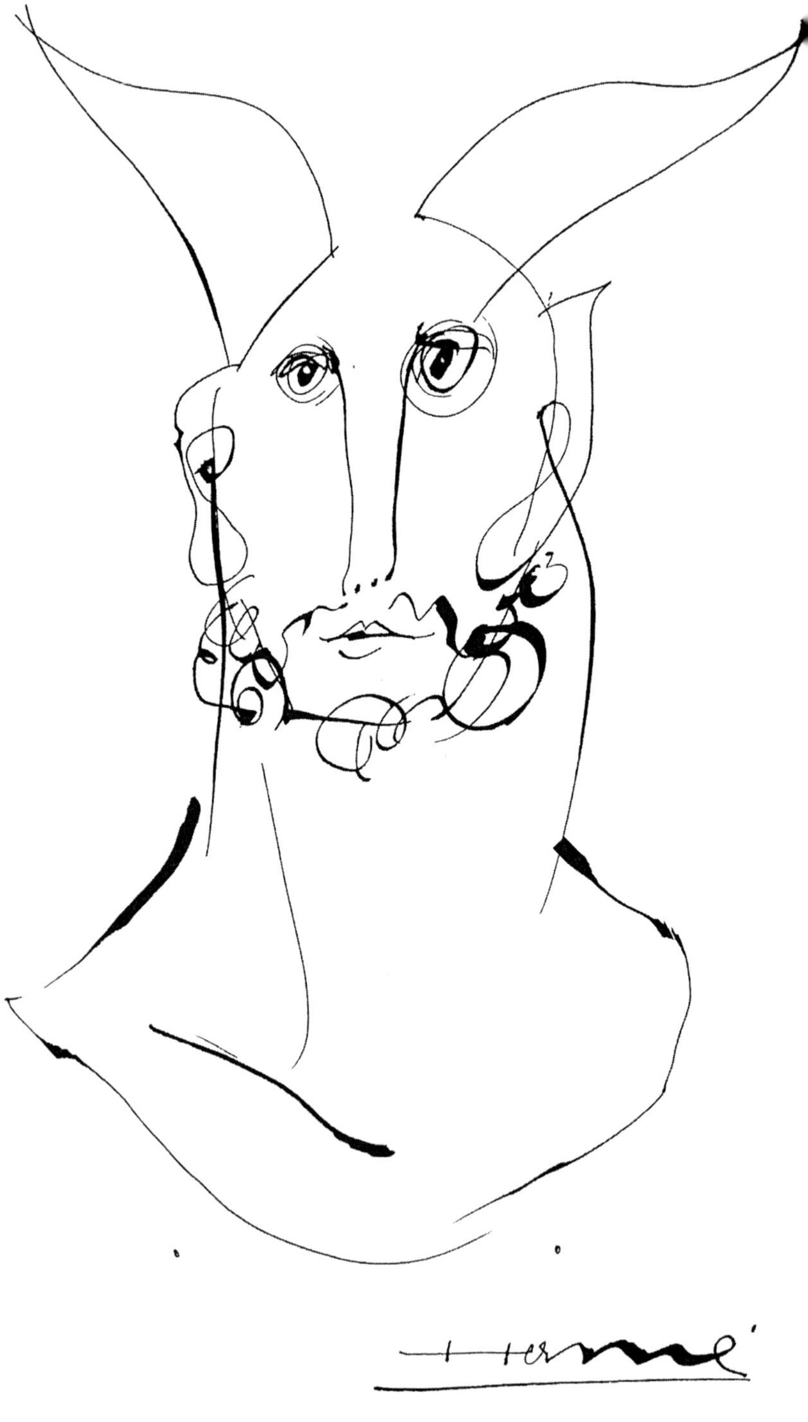

Osso 24

Pássaro pintado de sudoeste
Na sala do meu quintal
Meu texto vai encontrar a fresta desejada
De sua porta
Na hora do dia, certa.
No ontem do amanhã.
Amanhã foi dia de limpar o lago
O lago dos peixes azuis
Aquele de sempre
O mesmo de ontem
O mesmo de sempre.

Osso 25

Tenho mais de chuva do que de telha
Tenho mais de imã do que de ilha
Tenho mais de cosme do que de velho
Tenho mais de epifania do que de concreto
E mais de sonho do que de eletricidade
Minha razão não abrange monastérios.
Tenho de estreitez o que o bicho tem de exatidão
O peito do pássaro inaugurou
Uma nova ala no circo
E seu nome é picadeiro
Com um nome desse
Fica fácil intuir
Do que esse pássaro é capaz.
Tenho mais de lontra do que de ruído
E atendo pelo nome de desmesurado
Desmesurado
Desmesurado.

Osso único

Seu corpo eu não conheço.
Se conhecesse seria na estreitez das horas, no intervalo entre
o minuto um e dois.
Seu corpo é adutor de outros rios, outras paragens.
Te tenho ainda no pensamento e não penso em migrar.
Seu corpo, distante do meu dilema, permite que eu o percorra
à distância.
Sinto você ao meu lado na lonjura de um palito, no diâmetro de
uma agulha, na área total de uma invenção, de um gemido,
de um sopro.
Longínquas paisagens percebo que adentram vagarosamente pelas
janelas do meu trem. Trem que sabe de descabimentos como
ninguém, nenhum outro, nada que exista.
Trem dos meios dias, meias luas, meias verdades.
Trem dos corações pulsantes e magnetizados. Dos órgãos todos
unidos para adular o amor que toma corpo.
Trem diferente, diferente e possível trem. Esse fica, anda, percorre,
admira, reconhece, toma parte, nomeia, desnomeia, volta
atrás, contemporiza, enxerga.
Trem de alma à mostra como poucos, como nenhum. Sabe pouco
da paisagem que seu corpo abriga.
Lengo Lengo.
O que tenho de azul real pra oferecer são janelas saborosas de
encantos infindáveis: horizontes selvagens e calmaria de areia
e nuvens brancas.
Trem com alma de poesia e retalho à espera. Meu trem é composto
de janela de retalhos. Cada janela tem cor, sabor e cheiro
diferente.
Nada se repete.

Todo dia tem seu dia. Todo dia tem seu dia Lengo Lengo.
Seu gigante corpo de criatura que existe cabe em cada poro desse trem sinuoso.
Saber de montanhas, ruínas, férteis envergaduras, na real Lengo Lengo, ele sabe e diz com paladar a mostra.
O trem entra no azul dos dias como beijo dado na boca de quem se ama: líquido.
Meu trem que me acompanha de berço, quando para numa estação é pra um refresco breve e oportuno, geralmente para compor poesia de amor.
Trem poeta tem desses triques.
Trique trique, Lengo Lengo.
Na real te chamarei de amor.
Sabe por quê?
Porque não levo muito em conta o que pode sua alma pensar quando abrir minha boca para entoar o mantra herdado.
Dizer, falar, entoar a palavra amor pra alguém é abrir a janela do trem em movimento.
Capturar a imagem que não se sabe.
Abrir janelas requer zelo e comunhão.
Meu sacerdócio com os rios do seu corpo será real, Lengo Lengo.
Trem que entra e sai de matas desconhecidas e que se tornam desconhecidas de novo, já no dia seguinte.
Trem que se alcança pra te oferecer,
Trem que recebe sereno da noite em sua carcaça pra saciar sua sede de noturna virilidade.
Trem que entra e pergunta se pode ficar antes de sair.
Trem que controla a velocidade na ribanceira e se deixa levar.
Trem que se leva embaixo do braço.
Trem que não é máquina: somente alma e carcaça florida.
Seu corpo eu não conheço.
Trem que chega.
Escada noturna.
Lua na mão.

Boca de quero quero.
Banco de pedra florida.
Universo do meu dedo.
Líquido chuvoso.
Diâmetro do que conheço.
Trem das cavernas.
Trem tremedeira do coração que ganha sangue.
Das serenas corredeiras de águas geladas. Trem que tem nuvem
própria de sol acoplada a seu desenho.
Lengo Lengo abra as janelas.
Escreva palavras com espessuras de estrelas. Abra a janela e deixe
que sua alma entre.
Deixe que sua alma saia.
Deixe sua alma exposta.
Na real, mostre-se sem medo do que virá: já está.
Foge do nosso entendimento manco.
Sinta o ar estando.
A vida, Lengo Lengo, nunca te pertencerá se você não abrir as
janelas.
O movimento é lento.
Não conheço seu corpo.
Deus existe, mas não está em casa.
A mata cresce.
Tenho algo pra te dizer que talvez te surpreenda.
Direi quando você, depois das janelas abertas, pegar o amuleto da
prateleira, deitar-se no chão liso desse trem e, olhando pro
teto, sussurrar a palavra devida, de vida,
Na real, Lengo Lengo, ainda não te conheço.

Impressão e Acabamento
Bartiragráfica
(011) 4393-2911